문학과지성 시인선 610

호랑말코

김언희 시집

문학과지성사

문학과지성 시인선 610

호랑말코

초판 1쇄 발행 2024년 11월 13일
초판 2쇄 발행 2024년 12월 2일

지은이   김언희
펴낸이   이광호
주간   이근혜
편집   이주이 윤소진 김필균 허단 유하은
마케팅   이가은 최지애 허황 남미리 맹정현
제작   강병석
펴낸곳   ㈜문학과지성사
등록번호   제1993-000098호
주소   04034 서울 마포구 잔다리로7길 18(서교동 377-20)
전화   02)338-7224
팩스   02)323-4180(편집) / 02)338-7221(영업)
대표메일   moonji@moonji.com
저작권 문의   copyright@moonji.com
홈페이지   www.moonji.com

ⓒ 김언희, 2024. Printed in Seoul, Korea

ISBN   978-89-320-4335-7 03810

문학과지성 시인선 610

호랑말코

김언희

시인의 말

마침내 점 하나, 블랙홀의 중력을 가진 마침표 하나.

2024년 11월
김언희

호랑말코

차례

시인의 말

시를 쓰며 인용한 것들

해설

1부

어질리티(Agility)

내 인생은 모종의
어질리티야

개와 사람이 짝이 되어 벌이는 장애물 경기

내 짝은 검은 핏불
핏불테리어

우린 미증유의 게임 체인저가 될 거야

핸들러가
개거든

녹취 A-19

이봐요, 나는 내가 쓰는 이유와 진드기가 제 어미와 교
미하는 이유가 같은지 다른지도 모르는 사람이오

메스꺼워서 쓰는 거요 내 인생이 제비꽃설탕절임 같아서
달아도 너무 달아서

입을 항문으로 썼소 하나로는 부족해서

나는 똥을 먹는 부류가 아니오
내가 똥이오

중독 장애, 맞소

하지만 이 약만큼은 못 끊소 자살 충동에 지속 발기
이 취향 저격의 부작용 땜에

그렇소 음순도 발기한다오 지속 발기에 시달린단 말이오
난 발기한 채 시달리고 싶소
성난 1인치로[1]

재미를 보자면야 껍질 정도는 까져야 하지 않겠소

불알을 물고 늘어지거나 창자를 물고 늘어지지
않을 거면 시라는 게 대체 뭐 하러
있는 거요

맞소 모태 식인종

난 이빨이 허옇게 돋은 채 태어났소 불두덩이
거뭇한 채 말이오 배 속에서 어미와
맞담배질을 해댄 덕분에

우린 너나없이 식인종으로 길러지잖소 집구석에서부터
누가 먼저 먹히는지 누가 누구에게 누구를
먹이는지는 집집마다 케이스 바이
케이스요

댁의 경우엔 누구였소?

펄쩍 뛰기는…… 지금도 댁은 나를 한 입 한 입 저작하고
있잖소 똥 씹는 얼굴로

서로를 물고 빨고 뜯고 씹고 즐기는 게 사람이오
죽어서나 살아서나

사람의 노른자
사람의 가장 맛있는 부위가 어딜 것 같소?

진짜 식인종은 죽은 뒤에도 산 자의 뇌수를 빼 먹소
그리곤 산 자의 염장에 푸지게 똥을
싸지른다오

딸 둘

콘돔하고 통성명하는 자지 봤소?

자살은 매일 해야 하는 거요 더러 한 번으로는

부족한 날도 있소

까탈스런 미식가로

식인 직전이나 직후에 기분 째질 때

지미 헨드릭스가 황홀경에 빠져 제 기타와 씹할 때
누군가가 쏴줬어야
하지

않았소?

프랑켄후커

진료대 모니터에 구강(口腔)의 전경이 뜬다 파노라마로

여덟 개의 나사가 박혀 있는
괴괴한 구강이

입속을 들여다본 의사가
펄쩍, 뛴다

아이고, 헤르페스가!

헤르페스라뇨, 입에 물어본 지 석삼년은 지났는데!

구강 헤르페스요! 하긴, 한 번이라도 이 입이
내 입이었던 적 있나, 이 입으로
안 해본 게

⋯⋯있나

(정육점쓰레기통에서끌어낸개주둥이같은이주둥이로)

간호사가 쥐여 주는 손거울 속의 몰골은 그새 족히
6백 살은 돼 보인다

순간순간 납땜질을 해주어야 하는

천 피스의 프랑켄
후커

거울은

구멍 없는 눈, 구멍 없는 코, 구멍 없는 입을 가졌군
자를 수 없는 혀를
가졌어!

초량 차이나타운

나야, 언니. 초량 차이나타운, 노란 문이야. 나도 처음이
었어, 언니 같은 백보지는. 보다 보다 첨이었어. 배양접시
위에서 배양된 티 없는 보지랄까, 터럭도 없고, 냄새도 없
고, 표정도 없는 유리 보진 첨이었어. 나야, 잡년이지. 태
어나기도 전에 이미 맥도날드 패티였어. 닭 벼슬에 돼지
똥집, 갖은 잡색(雜色)들이 엉겨 붙어, 어느 살이 내 살인
지, 어느 넋이 내 넋인지, 나도 잘 몰라, 언니. 이 몸은 유
니섹스 프리 사이즈. 여자도 입고, 남자도 입고, 개도 입
고, 귀신도 입어. 앵기는 맛은 덜해도 질리지는 않는 년,
내 몸엔 발 디딜 데가 없어, 언니. 갖은 잡것들이 마구잡이
로 북적거려서, 어느 년이 나인지, 어느 구멍이 내 구멍인
지 분간조차 안 돼, 언니. 젖꼭지는 또 몇 개나 되는지, 산
것이 빨고 있고, 죽은 것이 빨고 있고, 똥개 해삼 말미잘
들이 빨아대. 그러고도 펑펑 남아돌아, 젖꼭지는. 언니, 이
세상엔 초량 아닌 데가 없어, 차이나타운 아닌 데가 없어,
내가 아닌 년들이 없어. 목소리가 물에 빠진 년 같지 않아
서 아무도 건져주지 않은 년들. 죽은 목구멍에서 말들이
구더기처럼 끓어오르는 년들. 우리 같은 년들에겐 사느냐
죽느냐가 아냐, 언니. 핥느냐 죽느냐지. 묻지도 마, 내가

얼마나 질긴 년인지, 급살(急煞)조차 나를 게웠다니까. 구렁이가 삼키다 뱉은 비둘기처럼 반쯤 녹아 회색 죽이 된 나를, 언니. 문고리가 달렸다고 다 문은 아니더라고. 하룻밤에 세 번씩 내가 죽을 때, 니 인생도 이젠 끝이네, 유리창을 핥으며 년들은 킬킬대지만, 끝이고 말고도 없어, 언니. 내겐 인생이 없었어. 내내 없었고, 앞으로도 없을 거야. 인생 없는 생. 자지 없는 자지 빨기. 이게 내 생이었어. 그건 그렇고, 언니가 내 몸에 새로 뚫어놓은 구멍, 내 몸에 뚫려 있지만 내 것은 아닌, 사람의 것이라곤 할 수 없는 이 구멍의 용도는, 대체 뭐지, 언니, 혀를 대면 혓바닥을 종잇장처럼 찢어놓는?

질문의 양상

차돌처럼 두개골 속을 두굴두굴 굴러다니는 질문, 구안
와사를 동반하는 질문,

박살 난 유리 같은 질문, 박살의 난반사로 눈을 찌르는
질문, 피를 볼 권리가 있는 질문,

2분마다 하고 싶은 질문, 입술이 아니라 음순이 실룩거
리는 질문,

전력 질주하는 질문, 방음벽을 향해 날아가는 새처럼,
대가리를 부수러 가는 새처럼 전속력인 질문,

역류하는 질문, 역류하는 쓰디쓴 질문, 역류하며 식도
를 태우는 유독한 질문,

쩌릿쩌릿한 질문, 번개를 삼킨 도끼날 같은 질문, 일렁
거리는 번개로 파랗게 입술을 그린 질문,

짝짓기 직전의 질문, 직후의 질문, 공포 그 이상의 질문,

시도 때도 없이 대가리를 쳐드는 질문, 뱀처럼 눈을 돌리는 법이 없는 질문, 오싹한 냉기로 등줄기를 타 내리는 질문,

자다가도 벌떡 일어나 앉아 컹컹컹 짖게 만드는 질문,

항문이 달린 질문, 주먹을 먹이면 주먹을 먹어주는 질문, 옴쭉옴쭉 먹어 치우는 질문,

악어

    방 안에는 악어가 있다 주둥이가 묶인 악어가 있다 꼬리로 벽을 후려치는 악어가 있다 사납게 휘두르는 꼬리가 있다 방 안에는 악어가 있다 버썩 씹어버리고 싶은 머리통을 버썩 씹어버린 악어가 있다 방 안에는 악어가 있다 목구멍으로 치밀어 오르는 머리통이 있다 숨통을 틀어막는 머리통이 있다 방 안에는 질식이 있다 씹어도 씹어도 삼켜지지 않는 질식이 있다 씹을수록 질겨지는 질식이 있다 방 안에는 악어가 있다 삼키려는 죽을힘과 뱉으려는 죽을힘이 있다 방 안에는 질문이 있다 산 채 대가리를 쪼개는 질문이 있다 반의 반의 반으로 쪼개는 이쑤시개가 되도록 쪼개는 질문이 있다 방 안에는 악어가 있다 초록색 탱자 가시로 우거지는 목구멍이 있다 뼈를 타고 흘러내리는 눈물이 있다 발골사의 칼날처럼 뼈를 바르는 악어의 눈물이 있다 방 안에는 악어가 있다 눈에 붙은 불이 꺼지지 않는 악어가 있다 불타는 악어의 한밤중이 있다 방 안에는 악어가 있다 주둥이가 묶인 악어가 있다 삼키려는 죽을힘과 뱉으려는 죽을힘이 있다 방 안에는 과호흡이 있다 매 순간이 과호흡인 매 순간이 있다.

팬 패니스쿠스(Pan paniscus)
— 보노보의 학명

보노보처럼 살면

안 될까?

좋은 아침!

섹스하고

죄송합다!

섹스하고

수신제가치국평천하(修身齊家治國平天下)

수신도 섹스로, 제가도 섹스로

치국도 섹스로

평천하도

패거리들을 빙 둘러 세운 채

우두머리끼리 화끈한 섹스로 뒤끝 없이 해결하는 보노보

섹스가 지천이고 공짜고 근친이고 원친이고 개뿔
암수 노소 상하좌우가
없다면?

너나없이 90분에 한 번씩 하고하고하고하고 짬짬이 수
음까지
날깃날깃하도록 해젖히다 보면 만사가
나른해져서

핵탄두가
다
뭐냐

제 눈꺼풀 하나 못 이기는 게슴츠레한
세상이
되면?

보노보처럼 살면?

아비치(Avici)

그야말로[2]

詩로군

詩 아니랄까 봐

머리끝부터 발끝까지, 심지어

똥구멍까지

말아 올린 꼬리까지 詩의 모습을 하고 있군

詩로서 한 치의 모자람도 없군

온통 詩고 너무도 詩고

그야말로 詩라

거의

詩가 아닌 것처럼 보이기까지 하는군

관시(串枾)

I

백시(白枾) 혹은
관시란
껍질을 벗겨서 꼬챙이에 꿰어 말린 감을 칭하는 말

껍질을 벗겨서 꼬챙이에 꿰어 말린 여자는 그럼

뭐라고 불러야
하지?

II

시작도 하기 전에 끝을 기다리는 게 어디 섹스뿐이겠어

나에겐 좆같이 짧아서 목을 맬 수조차 없는
목줄이
있어

세 치 혓바닥이!

입이, 원수야
나는

III

떡 주물 듯 주물던 걸 더는
못 주물게 된 것
뿐이오

그렇다고 떡이 어딜, 가겠소?
그림의 떡이야말로
더더욱
떡

……아니오?

IV

보지라는 말속에는 우주가 담겨 있어요
앞으로 보지는 뭐가 될까요
초신성처럼 폭발할까요
아니면 블랙홀이 되어 우릴 모두 빨아들일까요[3]

됐고, 준치!

그냥 말해
그래서?

말해 그냥
대롱에 좆 낀 놈 마냥 낑낑대지 말고

V

정수리가

팝콘처럼 터져나갈 것 같다 폭소의 충동 때문에

참다 참다 폭사할지도 모른다 배 속에 찬
방귀 때문에 폭사하는
댈후지처럼

폭소는

포효의
대체물이다

밤의 방파제

구멍 숭숭 뚫린 여자가 바라보는 구멍 숭숭 뚫린 바다

소를 먹고 미친 소처럼 아무 데서나 픽픽 주저앉는
앉은 김에 픽픽 죽고
싶은 밤바다

내일이면 못 죽을지도 모르는 노량 밤바다

곳곳에
쓰레기 무단 투기 단속 CCTV가 설치되어 있다 있거나
말거나

밤의 방파제에는 목숨을 버리러 가는 사람
버리고 오는 사람

죽은 뒷날에는 개운하게 깨어납시다

대가리를 떼내고 똥을 다 까낸
은멸치처럼

Endless Jazz 7

　── 나에게도양심같은게필요할날이올줄은몰랐어탈부
착이용이한방탄조끼같은게

　── 진일보는변기앞에서조차어렵지,그치?

　── 방문을열면껌껌한방안에시커먼개가앉아있다불알을
방석처럼깔고대가리가천장까지닿는개가

　── 사람이한번죽지두번죽냐고?웃기지마한번만죽으면
되는죽음같은건없어죽어봐서알아내가

　── 섹스중의증오이런순금의증오란결혼에서만채굴할수
있는거야

　── 이제먹히는건식신(食神)뿐이다식신의만트라먹방뿐
이야포르노저리가라잖아먹방들의리액션

　── 자보지도않고서누군가를정말로안다고할순없잖아?
알도살도모르면서?

— 하나님보다더찝찝한건공중변기레버밖에없어

— 모든로켓은레드로켓이야핵탄두고뭐고간에최첨단의
물성으로번쩍거리는레드로켓이라고

— 세계를구토로체험하건구타로체험하건문제는습득
형질도유전된다는거야좆같이

— 요단강도건너고바늘귀도통과한내가지금왜여기있
지?

— 우린저마다신이야자기자신이라는신우릴건드릴수
있는건아무것도없어나는나를위해나에게기도해

— 두눈으로줄줄닭똥을흘려대지만너지금웃고있지어
디로웃는거야?

— 대놓고옷밖에내놓고다녀도되는자지도있다대놓고

목에두르고다니는자지도있고

　— 누구에게나음부처럼가리고사는진실이있어가리고
사는부위가

　— 그래태초부터사과는있었어사과는따먹히려고있었
어따먹히는것말고사과가뭘어쨌으면좋겠니응?

　— *진짜같은건없다*홍상수가말했잖아……없다고진짜
같은건!

지방도 1018

　바람이 미친 짐승처럼 불어 젖혔다 쉭쉭거릴 때마다 이
파리들이 살점처럼 뜯겨져 나갔다 발 앞의 길바닥이 물결
치듯 일어나 휘릭휘릭 흙먼지로 흩어져갔다 바짝 마른 강
바닥에 여자가 서 있었다 맨발로 허리를 구부려 강바닥의
돌멩이들을 파내고 있었다 파낸 돌들을 입속으로 욱여넣
고 있었다 머리카락이 검불처럼 날리고 있었다 날리는 머
리채를 휘감아 쥐고 바람이 여자를 뽑아 올리고 있었다
뿌리째 여자가 뽑히고 있었다 흙을 물고 뽑혀나가는 마른
풀대처럼 공중에 누런 흙덩이가 풀풀 흩어지고 있었다 천
변(川邊) 폐가의 문짝 하나가 지켜보고 있었다 세찬 바람
에 열렸다 닫혔다 하는 문짝 하나가 눈을 떼는 순간 바람
이 훅! 마셔버릴 여자를

여섯번째 기도

잊지 않게 해주소서 내 인생이
서커스라는 것을

잊지 않게 해주소서 내가 칼리오페라는 것을

걸쭉하고 겁대가리 없는 회전목마용 오르간이라는 것을
잊지 않게 해주소서 이 소리가

내 인생의
염병할 통주저음이라는 것을 잊지 않게

해주소서 내가
잔나비라는
것을

빨간 프릴 달린 원피스를 입고 잔나비걸상버섯에 앉아
시를 쓰는

자지-보지를 빼면 시체인 시를 쓰는

서커스의
명물

무슨 짓을 해도 재주넘기가 되고 마는

당신 손바닥 위의
잔나비

라는 것을 잊지 않게 해주소서

나의 천박이 나의
금박임을 잊지
않게

해주소서

밤의 가두리에서

손맛은
무슨

시간이나 죽이고 있는 거요 시간도
나를 죽이고
있고

반쯤 뜯긴 통조림 뚜껑처럼 반눈을 뜨고

정어리를 토막 쳐
밀복을
낚고 있소

비몽과 사몽의 가두리에서

나를 토막 쳐
나의 맞수
나의 짝을 낚고 있소

솔직히,

시 한 편을 쓸 때마다 뒤를 대주는 느낌입니다

수간(獸姦)을 당하는
개 같은

왜 안 해봤겠습니까…… 똥구멍에

쥐약을 놓을
생각을!

2부

천문(天問)-173

힘 뺀 자나
발 뺀 자나
다 뺀 자나

나름 초초초수컷 아닌
수컷은
없다

빼기 전에
뽑힌 자도 나름

죽는 날까지 토성의 고리처럼
두르고 사는 게

있다

그게, 뭘까!

성(聖)금요일

1

눈알을
확
파내버렸어야지, 등신아!

확, 파내버린 눈알들이 팥죽 솥에서 펄떡펄떡 끓고 있
는 금요일

불에 구워진 대파처럼
나에게서 내가 훌러덩 벗겨져나가는 금요일

그래, 난 비옥한 퇴비 같은 년이야
나만 한 거름도
없어

나만큼 후끈한 년은 다시 없을 금요일, 내 나이는
쉰둘이고 내 보지는 끓어 넘쳐요, 내 보지는
용암 같아요.[4]

2

금보다 비싼 걸 똥으로 싸지르는 향유고래의 금요일, 물구나무를 서서 오줌을 갈기는 덤불개의 금요일, 내 오줌으로 나를 침례하는 금요일, 깨물 게 따로 있지, 네년 땜에 인생 좆됐어, 뒤통수를 맞는 금요일, 너무 깊이 물어 박힌 이빨이 빠지지 않는 금요일, 동종 포식의 금요일, 흐릅흐릅 뱀을 삼키는 돼지 주둥이의 금요일, 콧등치기 면발처럼 돼지 콧등을 후려치는 뱀 꼬리의 금요일, 섞을 수 없는 살은 없어, 우리 모두 다 함께 익어가는 번철 위에서, 제가 저를 겁탈하는 말미잘의 금요일, 내가 나에게서 멀어져가는 시속 20만 킬로, 그 속도감을 만끽하는 금요일, 진균문 자낭균류의 금요일, 1조 개의 포자를 품고 있는

금요일, 聖 유다의
불가항력의
금요일

그래야만 할까, 그래야만 하는

금요일

내가 살아
모두가
죽는

금요일

봄밤

개가 죽어
개 없는 개집 앞에

개가 죽어
개 없는 주인이 서 있다

잎사귀 하나 없는 백목련 가지 위에

주먹만 한
백골들이
허공을 찢어 발기며 불거져 나오는 4월

어떤 구녕이 아이는 발라 먹고 백골만 뱉는 것일까

번번이 새끼를 죽여서 낳던 개는
이 나무 아래서
맞아

죽었다

어서 맞고
자고 싶던

개

비커 A

와락 떠밀려져 나왔다 엉겁결에 무대 한복판에 서 있게 되었다 머리 위로 빛이 폭포처럼 쏟아지고 있었다 너무 밝아서 아무것도 보이지 않았다 가슴에 붉은 비단 보따 리가 안겨져 있었다 보따리는 따뜻했다 빛이 찌를 듯 땀 구멍 속으로 파고들었다 솜털 한 올 한 올이 바늘처럼 빛 나고 있었다 숨소리 하나 들리지 않는 무대 정중앙 빛으 로 된 거대한 비커가 나를 덮어씌우고 있었다 눈을 뜰 수 도 눈을 감을 수도 없었다 속눈썹 한 올 한 올이 바늘이었 다 보따리는 점점 식어가고 있었다 보따리는 점점 축축해 지고 있었다 손가락 사이가 끈끈하게 젖어들고 있었다 뼈 가 휜히 비치는 비커 속 공기 대신 빛을 들이마셨다 들이 마신 빛들이 피를 따라 혈관 속을 돌았다 심장이 바늘로 우거지고 있었다 심장이 뛸 때마다 피보다 진한 무엇이 송진 같은 무엇이 뺨 위로 흘러내렸다 무대 정중앙이었다 살을 에는 듯한 정적 속에 서 있었다 바늘 하나 더 꽂힐 데 가 없었다 혓바닥까지 바늘로 뒤덮여 있었다 붉은 보따리 를 품에 안고 있었다 손가락 사이로 기일게 핏방울이 떨 어지고 있었다

버퍼링

먼지가
되고, 벌레가 되고, 먹히지
않으려고 섭씨 백 도의 줄방귀를 뀌어대는
폭탄먼지벌레가 되고, 까진
똥구멍에서
풀풀 흘러나오는 연기가 되고, 진기한
구경거리가 되고, 한번 보면
잊지 못할 엽기 쇼의
명물, 수염 난
여자가 되고, 슬픔을 공부하는 슬픔[5]이
되고, 시늉을 공부하는
시늉이 되고,
시늉의 시늉의 시늉의 절정에서 버, 버, 버, 버퍼링이
생기고, 염병하지
마, 인생에는
가짜 오르가슴으로도 해결할 수 없는 국면이 있는
거야, 국면이 되고, 넌
기교 빼면 시체지,
기교를 뺀

시체가 되고, 시체를 뺀

기교가 되고, 살아본 적 없는 자와

죽어본 적 없는 자, 우리 중 누가 죽어야 진정

내가 주, 주, 주, 죽은 것이

될까…… 버벅거리는

악무한의

버퍼링이 되고, 사후경직이 풀리기 시작하는

혓바닥이 되고, 물곰탕 냄비 속의

물곰이 되고, 건드리면

흐흐흐 물 먼지로

흩어지는

물곰이 되고,

그 방

나는 방인가, 빈방인가, 냉골인가, 냉기가 뼈에 사무치는 방, 얼음장 같은 방바닥인가, 등이 쩍 얼어붙어 떨어지지 않는 그 방바닥인가, 등짝에 얼어붙은 채 진종일 떨어지지 않는 그 얼음장인가,

나는 방인가, 누군가 도끼로 내리찍는 방바닥인가, 이 방바닥에 빠져 죽은 누가 있다고, 방바닥 아래 떠돌고 있다고, 방바닥을 정수리로 쿵쿵 들이박고 있다고, 손바닥으로 방바닥을 두드리고 있다고, 도끼를 들고 내리찍고 있는 그 방바닥인가,

나는 방인가, 미쳐서 숟가락으로 우물을 파던, 숟가락으로 방바닥을 파던 자의 방인가, 물이 아닌 불이 솟을 때까지 숟가락으로 파 내려가던 그 방바닥인가, 창문을 두고 방문을 두고 기어이 방바닥을 뚫고 달아난 그 방인가,

나는 방인가, 불을 끄면 시커먼 미역 숲이 길길이 우거지는 방, 키를 넘기는 미역 숲을 홀로 헤매는 자의 방인가, 머리카락 한 올로도 건져 올려질 누가 여기 있다고, 누군

가가 내려다보고 있는, 빠져 죽기라도 할 듯이 내려다 내려다 내려다보고 있는 그 방바닥인가,

　나는 방인가, 아침이면 누군가 자박자박 걸어 나가는 방인가, 빠져 죽은 곳에서 걸어 나오는 물귀신처럼. 저녁이면 차박차박 걸어 들어오는 그 방인가, 빠져 죽은 곳으로 돌아오는 물귀신처럼. 나는 그 방인가, 젖은 방바닥인가,

웃는올빼미(Sceloglaux)

 이를테면 나뒹구는 새대가리들. 뜯겨 나온 올빼미 대가리들. 울음소리가 웃음소리 같아서, 너무 웃어서 멸종을 자초하는 야행성 조류들. 목을 비트는 것으로는 웃음을 멈추게 할 수가 없어서, 죽을힘을 다해 웃음을 참고 있지만, 비틀수록 웃음이 터져 나와서, 포식자들은 대가리부터 뜯어 내던지지. 먹어 치우는 내내 째지게 웃어댈 대가리부터. 먹어 치우는 내내 눈을 돌리지 않을 대가리부터. 손 닿는 곳에 주둥이를 틀어막을 양말짝 같은 것도 딱히 없다면.

보허자(步虛子)

새벽 3시의 교통섬에서 눈을 뜨네

손바닥 위에 잘린 내 혀를 받쳐 들고

발을 떼면 뒤집힐 것 같은 삼각 섬

발꿈치가 꺼져가는 살얼음 가장자리

언제까지 여기 서 있어야 하는 것일까

내 눈은 얼음 구멍처럼 텅 비어가는데

당신이 내게 주는 얼어붙는 외로움

이것은 삶도 아니고 죽음도 아니네

P.S.

- - - - - - - - - - -

p.s.

묵살(默殺), 역시 살인의 기법이죠.

- - - - - - -

p.s.

한칼 먹이면 한칼 먹어주지, 뭐. 우라지게 입 큰 년이잖아, 난!!

- - - - - - - - - - - - - -

p.s.

남자란 악세사리 같은 존재야. 구두나 핸드백 같은.[6] 대통령이건, 개통령이건.

- - - - - - -

p.s.

오늘의 한 줄.

죽은 자식 불알 만지기 vs 죽은 자식 보지 만지기[7]

\- - - - - - - - - - - - - -

p.s.

쥐들조차 비상식량용 새끼를 낳는다고 말한 게, 당신이
었나?

\- - - - - - - - - -

p.s.

잊지 마. 모든 구멍은 테두리를 능가하는 권능이 있어.

\- - - - - - - - - - - - - - - - - - - -

p.s.

연쇄살인범도 시를 써. 유영철도.

\- - - - - - - -

p.s.

인격의 척도는 자기 가축화의 척도일 뿐이야. 별거 아냐.

렘
─ 수면 중의 급속 안구 운동

밤에, 잠자면서 살인을 하는 밤에, 살인하려고 잠을 자
는 밤에, 세 번씩이나 모친의 목을 조르는 밤에, 세 번씩
이나 모친이 되살아나는 밤에, 대가리밖에 없는 고양이들
이 삐뚜름하게 웃고 있는 처마 밑, 베어 젖힌 근친들의 모
가지가 메주처럼 푸르뎅뎅 뜨고 있는, 밤에, 우는 것을, 산
것을 우물에 풍덩! 던져 넣고 달아나는 밤에, 잠자면서 쫓
기는 밤에, 누군가의 따귀를 번쩍 후려치는 와중에, 후려
쳐야 할 따귀 앞에서 손목이 홀러덩 빠져나가는 와중에,
밤에, 방바닥이 천장이 되어버린 뒤집힌 방, 등짝이 천장
에 들붙어 움쩍도 못 하는, 밤에, 박살 난 거울이 박살을
이어 붙여 다시 거울이 되어가는 와중에, 레드 로켓, 레
드 로켓, 맥락 없는 사내가 맥락 없이 등장해 뻘짓을 해대
는 와중에, 잠결에도 사태기가 꼬이는 와중에, 무화과처
럼 진물을 흘려대는 와중에, 죽어라 죽어라 마른 오줌을
참고 있는 와중에, 저년의 혓바닥에 대못을 박아라, 못 박
힌 채 축축 늘어지는 밤에, 못 박힌 채 시계추처럼 흔들거
리는 밤에, 내가 싸지르는 게 네 년일 줄 알았으면 내 보지
를 꿰매버렸을 걸, 또 살아나 가슴팍을 걸탄 모친이 목을
획, 꺾는 와중에, 좌로, 획! 우로, 획! 목이 획획 꺾이는 와

중에, 밤에, 야 이 개새끼야, 머리통을 돌팍에 올려두고 머리 위로 돌덩이를 힘껏 쳐든 밤에, 쳐든 채 번쩍, 눈을 뜨는 밤에,

모지리

몸의 일부가
모란인
모지리, 아가리건 가랑이건 최대치로
벌려주마, 최대치의
최대치로
범람 중인 모지리, 서로의 심장을 막썰이로
먹어 치우는 연애만이 진정
연애인
모지리, 하늘에
떠본 적 없는 무지개
번들거리며 기름 웅덩이를 기는 오방색
기름 무지개에 환장하는
모지리, 고환에
불맛을
입히자고 혓바닥으로 웍질을
해대는 모지리, 입천장이
홀라당 까지는
모지리, 거시기는 바짝 마르고 젖탱이는
처진다고? 목만 남아도 덤비는 게

이리야! 대가리만 남아도

무는 게 독사라고! 젓갈 다 된

인생의 풍미랄까 폐부를 찌르는 액젓 냄새로

폭발적인 존재감을 과시하는

모지리, 썩은 창자로

만든 값싼 속젓

주제에

4기가 어때서

황천행 집라인을 아무나 타보냐?

암이 로또인 모지리, 어쨌거나

끝이 보이는 거잖아!

하나님한테도

없는 끝이

나에겐

있는 거잖아!

히포포타무스(Hippopotamus)

너는 네 심장의 진창에 빠져 죽는 중이다. 턱밑은 이미 진창이 된 채, 하마처럼 콧구멍만 간신히 진창 위에 내놓은 채,

끈적한 네 피의 점성에, 네 피비린내에 미쳐가면서

이것이 네가 완성해야 하는 육체쇼와 *전집*,[8] 앞다리도 뒷다리도 둘 데 없는 진창 속에 콧등까지 빠져들면서 너는

목격한다, 너를 삼킨 목구멍이 천천히 닫히는 것을.

……나는 죽어가는 대화용 백과사전이었는데
단어 하나하나가 다 핏덩어리였는데……[9]

걷는 사람

병든 밤에는
병든 손에 병든 돌멩이를 쥐고서

쓰라린 밤에는
쓰라린 손에 쓰라린 돌멩이를 쥐고서

착잡한 밤에는
착잡한 손에 착잡하기 짝이 없는 돌멩이를 쥐고서

걷
는
다

사무치는 밤에는
사무치는 손에 사무치는 돌멩이를 쥐고서

컹컹 짖고 싶은 밤에는
컹컹 짖고 싶은 손에 컹컹 짖고 싶은 돌멩이를 쥐고서

울적한 밤
울적한 귀무덤을 지나서 울적한 코무덤을 지나서

걷
는
다

소금에 절인 귀들과 소금에 절인 코들이
커다란 나방처럼 머리를 에워싸고 날아다니는 밤

허연 돌소금을 한입 가득 물고서
버썩거리는 돌소금으로 혀를
절이면서

걷
는
다

먹먹한 밤에는

먹먹한 손에 먹먹하기 짝이 없는 돌을 쥐고서

걷는다 걷는다 걸어서 밤의 검은 선반 위에 밤의 돌멩
이를
올려놓는다 먹먹함으로 두 귀가
먹먹해지는 밤

숨을 쉴 때마다 허파 가득 먹먹함이 차오른다
먹물처럼 차오른다
눈썹까지

그렇게

먹먹함 속으로 가라앉는다 돌멩이 속으로
가라앉는 돌멩이처럼

삭제하시겠습니까?

⋯⋯쩌 죽일 듯이 더운 날이었어, 언니, 보리수 그늘을 따라 걷고 있었어⋯⋯ 사원 담장 위에서 힐끔힐끔 따라 걷던 늙은 원숭이가, 번개처럼, 내 눈길을 낚아챘어, 언니⋯⋯ 놈은, 황갈색 눈알로 나를⋯⋯ 훑었어, 훑으면서 벗겼어⋯⋯ 바나나 껍질을 벗기듯이, 나는, 정수리부터 벗겨졌어⋯⋯ 활씬, 벗겨졌어, 뼛속까지⋯⋯ 벗겨졌어, 놈은⋯⋯ 수음을, 하기 시작했어⋯⋯ 내 눈길을 옭아 쥔 채⋯⋯ 보란 듯이 나를, 따먹기 시작했어, 언니, 눈을⋯⋯ 돌릴 수도, 감을 수도 없었어⋯⋯ 나는, 얼어붙었어, 금방이라도, 놈이, 나에게로 훌쩍⋯⋯ 건너뛸 것 같았어⋯⋯ 숨이 헉⋯⋯ 막히는 대낮에, 광장 한복판에, 나, 혼자⋯⋯ 알몸이었어, 머리카락이 곤두서도록, 알몸이었어, 언니,⋯⋯ 지나가는 여자들이 사리 자락으로, 얼굴을⋯⋯ 가렸어⋯⋯ 담벼락 그늘에 죽치고 앉았던 사내들이, 누렇게⋯⋯ 이빨들을 드러내며 웃었어⋯⋯ 눈 속의 원숭이 똥구멍, 졸밋거리는⋯⋯ 똥구멍들을 감추지 않았어, 언니, 나는,

오시비엥침

숨길 데가
없어서
다이아몬드를 삼켜야 했던 오시비엥침의 유대인

제 똥 속에서 다이아몬드를 찾아내
다시 삼켜야 했던
유대 여자

나에게도, 식민지의 식민지 태생 변방의
늙은 파수견 - 갈보에게도
매일 아침

삼켜야 하는 것이 있습니다

다이아몬드라도 되는 것처럼 똥 속을
헤집어 다시 삼켜야만
하는

것이

통방

옆방에는
메기가
산다

밀면, 팔이 쑥쑥 들어가는 물의 벽을 사이에 두고

뭉툭 잘린 팔뚝처럼
산다

눈알까지 방부제에 절은
메기가

몸을 뒤척일 수도 없는 광중(壙中) 같은 수조 속

메기가 나를 향해 입을
뻐끔, 한다

나도, 뻐끔
한다

서로가 가진 숨의
전부로

숨 풍선 두 개가 물 위로 올라간다

수면에
닿자마자 터지는 숨 풍선

터진 숨
터진 몸내를 섞자

귀를 잘라버린 자리에 다시 귀가 싹트는 소리

옆방에는
메기가

산다

암혈도(暗穴道)

1

  길을 터주며 여자들이 울었다 양가죽을 벗기는 여자들
한 여자가 다가와 나를 벗겼다 나에게서 내가 양가죽처럼
벗겨져나갔다 광목 찢어지는 소리가 기일게 났다 여자가
내 눈물을 닦아주었다 가지처럼 뭉툭한 손으로

2

  천장까지 돌로 된 방이었다 발을 들이자 어둠이 도끼처
럼 정수리를 찍어 내렸다 나는 갈라졌다 낙뢰에 갈라지는
절개지처럼

  냉기가 뼈에 사무쳤다 뼈마디들이 징처럼 울었다 눈알
이 얼어붙고 이빨이 얼어붙었다

  돌 턱
  너머

입을 쩍 벌린 듯한 어둠 속에 누군가가 서 있었다

얼굴과 목에 거미줄이 허옇게
감겨 있었다

어머니였다

다가가자
뱀처럼
쉿쉿거렸다

3부

호랑말코

*

이슬 한 방울에도 중력을 행사하는 치사한 행성.

*

귀는 얼굴에 달린 손잡이다. 귀는 종종 얼굴을 냄비로 만든다.

*

독생자(獨生子)를, 하나뿐인 아들을 씹도 안 하고 낳았다고 북북 우기는 즐거움이, 진정 신이 되는 즐거움 아닐까.

*

고정관념에 사로잡힌 사람은 통나무 도마에 얼굴을 박고 있는 손도끼 같다.

*

눈썹이라는 말. *저속한 어휘들 속에 담겨 있는 사고의 무한한 깊이, 몇 대에 걸쳐 개미 떼가 파낸 구멍들.*[10]

*

의자란 도대체 다리를 붙이고 앉는 법을 모른다.

*

구름의 핵심 감정은 뭘까? 모든 구름 속에 손을 넣어 휘
저어본 구름으로서, 먹구름을 삼켜본 먹구름으로서, 건더
기라고는 없다는 걸 알게 된 구름으로서?

*

망자의 의치, 진주알처럼 가지런한 원념(怨念)의 치열들.

*

우리가 조물주의 창조물일 리가 없다. 배설물이라면 모
를까. 우리를 배설해서 이 황막한 우주에 영역 표시를 해
둔 거라면 모를까.

*

꼬리 달린 쪽이 정면인 생물도 있다…… 몽당연필 같은
그 꼬리.

*

    대취해서 거룩해진 우주, 게슴츠레한 무화과의 우주, 뼈 없는 우주가 말씀하신다. 너희는 달게 빨아 먹으라. 이는 내 밑이니라.

*

    대지의 음핵을 왕관처럼 받들어 쓰고 있다. 폭양 속의 맨드라미.

*

    진화는 왜 꼬리라는 사치를 포기했을까? 질겅질겅 씹으며 스타벅스에 앉아 있을 수도 있었는데. 다소 과장된 회개의 제스처로 내 등짝을 후려칠 수도 있었는데.

*

    즉사의 현장, 피 웅덩이에 떠 있는 피거품들이 두리번거린다. 뭐 더 볼 게 없나?

*

마침표를 찍어둔 한 줄이 30년이 지나도록 구불텅거린다. 돌덩이로 대가리를 눌러둔 뱀처럼.

*

테두리가 사라지면 구멍은 어디로 갈까. 폐타이어들이 애지중지 끌어안고 있는 저 육중한 구멍은?

*

개를 완성하는 것은 목줄이다. 인간을 완성하는 것도.

*

순간의 경험에 몰두할 수 있는 건 소나기 그친 유리창에 매달린 빗방울뿐이다. *광적으로 정신을 차리는.*[11]

*

거짓말처럼 매끈한 양파 엉덩이에는 칼끝으로 항문을 만들어주어야 한다. 엉덩이를 완성하는 것은 항문이니까.

시인과 도끼는 침묵한다. 일격을 노리며.

6월은 결코 완성되지 않는다. 풀숲을 설설 기는 뱀 없이
는 소스라치게 아름다워지지 않는다.

그녀에게

불타 죽은 가로수

숯이 된 가지

아래, 너는

서 있다

불구덩이에서 꺼낸 옷가지처럼

타다 만 개는

미쳐서

허옇게 눈을 뒤집고

네 말들은 침 범벅이 되어 입귀로 흘러내린다

모두가 모두의 모든 것을 알고 있어서

모두가 모두를 용서하는[12] 이 거리에

너는 서

있다 5분마다 침을 묻혀 얼굴을

닦으며…… 경광등 불빛이 닿을 때마다 너는

번쩍거린다 개펄에 박혀 있는

죽은

물고기처럼

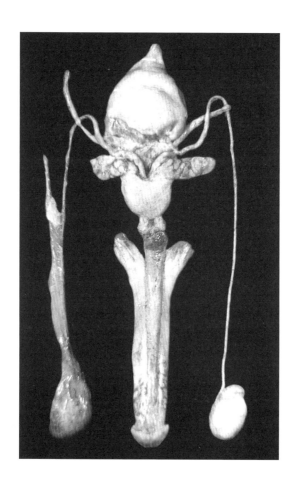

카페 메이지

1

브런치 카페 메이지의
엠블럼은

빨간 굽다리 접시 위에 똬리를 틀고 있는 빨간 똥 덩어리

아무리 봐도
범접할 수 없는 육중한 똥 덩어리

일기예보를 볼 때마다 곧 넘칠 것 같은 똥 무더기가
장마철 한반도의 상공을 위태
위태 떠다녀

무서워서가 아니라 더러워서
피한다고?

손에 피를 묻힐 수는 있어도 손에 똥을
묻힐 수는 없는 거겠지

(하나님의 가운뎃다리들이라도 된다는 듯이)

살기 위해 치사율을 조절한다는 바이러스여 그냥

확 쓸어버렸어야지 지구를
살렸어야지

2

김영민이
읊네

아침에는 죽음을 생각하는 것이 좋다고

죽음은 너무 멀어, 그냥 변기 속의 똥을 봐!
만인은 평등해
똥 앞에

대장 내시경용 바지 앞에, 팔락거리는 항문 덮개 앞에

세상에 똥만큼 정직한 것도 없어, 비싼
요구르트를 먹어봐봐

살아 있는 유산균 억만 마리를

노랗게 금테를
두른
똥을 누는 데 하루도 안 걸려

그녀는 코를 골았다

　　그녀는 코를 골았다 시속 140 추월 중에도 코를 골았다 버거킹 몬스터X 그 쓰레기를 우걱거리며 코를 골았다 주제에 추행은 무슨 니가 두 발 달린 비아그라냐 이 헤픈 년 아 돌려차기로 까면 까이면서 골았다 발이 닿기도 전에 나자빠지다니 이 개년이 무슨 볼링핀도 아니고 우당탕탕 얼마든지 나자빠져주면서 골았다 그녀는 코를 골았다 발 모제를 먹었더니 불두덩에 구레나룻이 돋아 언니 바라바가 되려나 봐 너털웃음을 웃어대며 골았다 시를 쓰면서도 파괴포락선을 작도하면서도 그녀는 코를 골았다 숭고하게 부풀어 오른 그녀 아닌 것이 그녀를 그녀 밖으로 그녀 너머로 내던질 때도 그녀는 코를 골았다 통렬하게 골았다 발랄과는 아주 멀게 발광과도 발작과도 다르게 그녀는 코를 골았다 비장으로도 골고 췌장으로도 골았다 의뭉하게 골고 천박하게 골고 표독하게 골았다 그녀는 코를 골았다 분만 중에도 겸자로 아이를 끄집어내는 외중에도 골았다 짐승처럼 골았다 눈 뜨세요 눈 떠요 산모님 싸대기를 맞아가며 골았다 심장에 쥐가 나도록 기도에 쥐가 나도록 골았다 구급차에 실려 가면서도 그녀는 코를 골았다 산소마스크가 코를 막으면 귀로 골았다 질로 골았다 모든 순

간이 바로 이 순간을 위해 있었다는 듯이 죽기 살기로 골
았다 그녀는 코를 골았다 그렇게까지 벌어져서는 안 되는
입을 그렇게까지 벌리고 골았다 무연 무취 최첨단의 화구
(火口) 속에서도 그녀는 코를 골았다 드디어 불 꿈을 꾸다
니 운수대통 大 길몽을 꾸게 되다니 그것도 불이 몸에 붙
다니 일확천금의 길몽에서 깨어날까 봐 그녀는 허겁지겁
코를 골았다 숨도 쉬지 않고 골았다 눈이 번쩍 뜨일까 봐
더더욱 빡세게

각

좌판 위의 고등어는 악착같이 고등어다

죽어도 고등어이기 위해 눈에 핏발을 세운다

나도 악착같이 나다 해동 고등어 앞에서는

악착할 악(齷) 악착할 착(齪)이다 나도

만 원짜리 신권처럼 시퍼렇게 각을 잡는다

주르륵 흘러내릴 것 같은 서로의 눈알 앞에서

녹취 A-21

맞소, 나
똥이오
하지만 그냥 똥은 아니오

((((((((똥))))))))이오

진동하는 악취로 악취에 광을 내는 무동력 괄호 생성기

존재 자체가 처치 곤란한 똥 무더기라오 미끄덩
따라다니며 발에 밟히는

찰지게 쓰는 거요, 시는
떡 치듯이

인생을 들여 음미할 가치가 있는 게 이것 말고 또 있소?

내가 점점 더 교활한 생물이 되어간다는 거
송곳니가 빠져버린 흡혈귀처럼
빨대를 들고

지금, 말이오?

콧구멍으로 날아 들어가 댁의 뇌수에 알을
슬고 싶다는

살인보다 더한 짓을
저지르고
싶다는

이봐요, 살인의 추억 없는 인간도 인간이라 할 수 있소?

범인도 없고 시체조차
없을지라도

우리 같은 부류는 도덕을 가질 만한
형편이 못 된다오[13]

아무렴, 죽는 날까지 댁의 눈 속에 떠 있을 거요

얼굴을 물속에 담근 익사체처럼 댁의
눈동자 안쪽을 들여다보면서

무섭소, 나도!

왜 안 무섭겠소…… 난 기껏
노린재라오

제 방귀 소리에도 기절하는 풀색 노린재

검은 돛배

빙하를 보러
갈래?

희고 우뚝한 것들이 눈앞에서 퍼억 퍽 엎어지는 걸 보러

검은 돛배를
타고

엎어질 듯 질 듯 엎어지지 않는 빙하를
떠밀어주러
갈래?

눈사람이
묻는다

두 눈이 뱀딸기처럼 붉은 눈사람, 여기까지

머리 따로 몸 따로
굴러온 눈사람

Endless Jazz 69

　　— 69는죽기좋은체위지69는죽기좋은나이고

　　— 명품수제돈까스맛은고기망치로2백번씩처맞은피멍
맛이야아는맛이무섭지

　　— 하지마연애아프리카돼지열병같은거그냥개랑사귀
어헤어져도일가족을다물어죽이지는않을거잖아

　　— 있는놈들은낙타에가마까지올리고도바늘귀를통과
하지하루살이는걸러내고낙타는삼키는[14]게바늘귀거든

　　— 눈앞에서낄낄낄재가되어흩어지는게부모였다니……

　　— 사람은변해숨을쉴때마다변해들숨날숨변해왕왕똥
구멍으로숨을쉬어도변한다고

　　— 저패거리들은영생하지랍스터처럼껍질을벗을수있
는한안죽어

── 진정으로개를이해하는자는공수병(恐水病)걸린자뿐
이야

　　── 서로의환부와급소를정확히알고급소로급소를찌르
고급소로급소를먹어치우는게부부야

　　── 뭐가문제야?미친년이어때서?지긋지긋하지도않냐?
미친척하는것도안미친척하는것도?

　　── 부정맥환자만이실감하지인간이점멸하는존재라는걸

　　── 내가벌이는가장처절한사투의대상은내눈꺼풀이야
철제셔터처럼내려오는눈꺼풀깜빡졸음번쩍저승을불사하
는눈꺼풀

　　── 다른선택지는없어고독이냐매독이냐폭식이냐거식
이냐폭죽이냐곤죽이냐0이냐1이냐

　　── 죽음이라는어음없이는단하루도못살아그누구도

― 우린하루에80번씩거짓말을하는종이야타인과본인
에게거짓말없이는순식간에절멸할종이라고

― 다정은질병이야염병이고역병이지피도없고뼈도없
고뇌도없이눈앞의모든걸버섯으로만들어버려

― 이봐하나님의아들들과하나님의보지달린아들들아
니들샅에달린고환니들고환맞냐진짜

― 자위도안한다고?

― 너도너랑안하는데누가너랑하고싶겠냐

지방도 1021

　말매미들이 울고 있었다. 방풍림 속으로 들어서자 울음
소리가 쓰나미처럼 밀어닥쳤다. 울음소리에 쓸려 나가자
검은 몽돌밭이었다. 파도에 젖은 몽돌들이 쇠붙이처럼 빛
나고 있었다. 구름 한 점 없었다. 정수리 위로 햇빛이 작살
처럼 내려 꽂혔다. 몽돌밭 한가운데 장대 하나가 비스듬
히 세워져 있었다. 장대 끝에 커다란 갈매기가 매달려 있
었다. 해진 밧줄이 목에 감겨 있었다. 갈매기는 살아 있었
다. 이따금 퍼덕거렸다. 퍼덕거릴 때마다 장대가 기우뚱거
렸다. 갈매기의 눈에서 피도 눈물도 아닌 것이 흘러내리고
있었다. 송진처럼 끈적이는 무엇이. *이래 놔야 피데기를
건사할 수 있소, 이놈이 살아 있는 한 다른 갈매기들이 얼
씬을 않소.* 장대 아래 깡마른 노인이 앉아 있었다. 무릎을
안고. 손깍지를 낀 두 손이 쇠갈퀴 같았다.

에탕 도네(Étant donnés)[15]

그건 그것이

아냐, 친구

자네가 마른침을 삼키며 뚫린 구멍으로 눈을

가져다 댈 때 자네 눈앞에서

지그시 벌어지는

건, 보얗게

터럭을

민 그건, 눈이야, 친구

세로로 길게 째진 눈이라고

그 눈이 자네와 눈씹을 하자는 거네

머리와 사지가 절단된 건지

생략된 건지 알 수

없는 가랑이로

자넬 겁탈하고 있는 거라고, 친구

돼지 껍질로 만들어진 저 맨들맨들한 음호는

자네 전두엽을 취수구로

삼게 될 걸세

마침내는

자네의 발작 버튼이 될 거야

저 눈과 눈이 마주쳐서는
안 되네 그림이란
이겨 바른
화가의 육신 그 자체야
그자들은 이렇게 펴 발라진 채로
몇백 년이고 기다릴 수
있다네

숙주를

클럽 양파주점에서[16]

갈 데까지 가고야
만다고?

시고 뭐고
그냥
세이프 워드 없는 도그 플레이라고……?

똥구멍에 힘주고
살아!

하루살이는 죽는 맛에 또 태어나고 또 태어나는 거야

하루살이가 죽는 맛을 끊겠냐
개가 똥을
끊겠냐

니가, 시를 끊겠냐

서 있습니다

누군가가 서 있습니다 잿더미 같은 안개 속에…… 윤곽도 테두리도 없이 서 있습니다…… 섬섬거리는 안개 입자들에 에워싸인 채…… 저 누군가는 언제부터 저기 서 있는 겁니까…… 부르면 얼굴로 뭉쳐질 안개 뭉치로…… 어쩌면 저 누군가는 죽었고…… 이 모든 것이 죽은 자가 꾸는 꿈 같은 것인지도 모릅니다…… 죽은 자의 뇌리를 흘러가는…… 흘러가면서 서서히 묽어지는 서서히 희박해지는 서서히 증발하는 습기 같은 것인지도 모릅니다…… 하지만 그는 죽었고 재가 되었고 흩어졌습니다 뇌리 같은 것이…… 있을 리 없습니다 없을 리도 없습니다 죽은 사람도…… 사람입니다 달랑 시신 한 구로 끝을 본 사람은…… 없습니다 아직 없습니다…… 오…… 멀리서 안개등을 켠 검은 리무진 한 대가 소리 없이 지나갑니다…… 붉은 연기 같은 꽃을 피우고 서 있는 안개나무 아래로…… 부들거리며 안개등에 엉기던 안개가 저 누군가를…… 휘저어 마십니다 기어이…… 한 줌의 재를 쥐고 물 위를 걷는…… 지느러미처럼 입술을 떠는 누군가를……

사우스 림
— Grand Canyon

이것은 꼭대기로 간주할 수 없는 꼭대기
맥락 없는
꼭대기

떠 있소 꼭대기는 물잔에 빠져 죽은 나방처럼

꼭대기는 표류하는 꼭대기
발밑이 휘휘한
꼭대기

꼭대기와 꼭대기 사이에는 빛이 썩는 그늘이 있소

번개만이 훌쩍 건너뛸 수 있는
협곡이 있소

꼭대기는 새파랗게 독을 품은 하늘을 가졌소
눈알을 발라 먹는 폭양을
가졌소

꼭대기는 귀가
발이오

헤매다 헤매다 갈기갈기 찢기어지는 귀때기를
꼭대기는
가졌소

이것은 높이라고는 가져본 적 없는 꼭대기
한 치 앞을 가져본 적이
없는 꼭대기

꼭대기를
꼭대기로 몰아세우는 것은 핏빛 단애

꼭대기는 꼭대기를
모면할 길이

……없소

예행
──Ver. 4

죽은 지
2분밖에 안 됐는데 벌써 주리가 틀리다니

어디에 서 있어도 물 위에 서 있는 것 같다니

접시 물에 코를 박고
죽어도

물 송장은
물 송장

특수 청소업체 스위퍼스를 검색 중인데

배송료 포함
마리당

43만 원짜리 파리가
이베이에
떴다

뜰 앞의 풍개나무

 불단 위에는 민망하도록 싱싱한 바나나 다발, 울트라
슈퍼 스위티오 다발이 오체투지를 받고 있고, *보살님, 부*
처님 자지 만져보셨소? 한번 만져보시겠소? 법담을 나누
다가 느닷없이 팔뚝만 한 구렁이로 화하시는 활불(活佛),
배후에는 천수관음이 서 있다. 금 칠갑을 하고서, 천 개나
되는 팔을 풍차처럼 휘두르고 있다. 천 개나 되는 손바닥
으로 주물럭거릴 그 **뭣**이라도 있다는 듯이.

독락(獨樂)

혼자 있어도
인산인해(人山人海)다

홀로 있으려고
시산혈해(屍山血海)다

창밖에는 앵두나무가 없는데

앵두꽃이
지고

앵두는

종자조차
인멸(湮滅)한다

시를 쓰며 인용한 것들

1 뮤지컬 「Hedwig and the Angry Inch」 속 대사.

2 정영문, 『오리무중에 이르다』, 문학동네, 2017 차운(次韻).

3 넷플릭스 다큐멘터리 시리즈 〈욕의 품격〉(2021) 속 대사.

4 넷플릭스 다큐멘터리 시리즈 〈욕의 품격〉(2021) 속 대사.

5 신형철, 『슬픔을 공부하는 슬픔』(한겨레출판, 2018)의 제목.

6 다큐멘터리 「헬무트 뉴튼: 나쁘거나 혹은 아름답거나」(2020) 속 대사.

7 이연숙, 『여기서는 여기서만 가능한』, 난다, 2024, p. 315.

8 황병승, 『육체쇼와 전집』(문학과지성사, 2013)의 제목.

9 하이너 뮐러, 「4중주」, 『하이너 뮐러 문학 선집』, 이창복 옮김, 한마당, 1998, p. 254.

10 샤를 보들레르, 『벌거벗은 내 마음』, 이건수 옮김, 문학과지성사, 2001, p. 17.

11 성귀수, 「광적으로 정신차리는 자」(『정신의 무거운 실험과 무한히 가벼운 실험정신』, 문학세계사, 2003) 소제목 변주.

12 다큐멘터리 「존 버거의 4계」(2016) 속 대사.

13 Georg Büchner, *Dantons Tod: Dramatische Bilder aus Frankreichs Schreckensherrschaft*, Frankfurt am Main, 1835.

14 「마태복음」 23장 24절 변주.

15 마르셀 뒤샹의 작품명.

16 귄터 그라스의 『양철북』 속 소제목.

언데드의 말, 시(詩)

양효실
(여성학자·미술평론가)

　이 시집의 표제인 "호랑말코"가 무슨 뜻인지 찾아보았
다. 대화의 한쪽이 도대체가 말이 안 되는 말을 하는 상대
를 향해 마침내 내뱉는 낙인, 멸칭이었다. 너는 '오랑캐 사
내가 타는 말의 큰 코' 같은 놈이구나!와 같이 쓰이며 '제
멋대로 노는 자, 주로 사회규범·윤리·법도·예절 등을 지
키지 않는 자들'에게 모욕을 주는 말이었다. 무법자나 위
반자와 같은 말이지만 엄연한 역사적 부침이나 문화적 협
상을 담지한 말이고, 사자성어 같기도 하고, '호랑'과 '말
코'의 연결에서는 청각적으로 발랄한 리듬이나 시각적으
로 강렬한 이미지가 배어나기도 한다. 긍정적인 자기 이
미지는 늘 부정적인/위협적인 타자의 이미지로부터 온다
는 점에서 시인이 자기 이미지로 재전유한 호랑말코는 그
러므로 역사적 맥락이 사라진 뒤에도 루머처럼, 유령처럼
남아서 저잣거리를 횡행하는, 동화 불가능한 이질적인 타

자의 형상이다. 역설적인 것은 이 말이 타자를 수치심에 휩싸이게 하는 부정적인 말로 보기 어렵다는 것이다. 이 말은 말도 안 되는 말로 대화(의 내성)를 끊어버리는 타자의 힘을 인정하는 말이기 때문이다. 호랑말코는 더욱이 인간이 아니라 동물이고, 동물의 코로 수렴하는 말이다. '큰 코'가 '큰 자지'와 동의어라는 걸 감안한다면, "지속 발기" "음순"(「녹취 A-19」)을 자신의 큰 코라고 우기는 이 간성(間性)이나 중성(中性)의 시인, 남자이기도 하고 여자이기도 한, "자지 – 보지를 빼면 시체인 시를 쓰는"(「여섯 번째 기도」) 시인의 터무니없는 말(nonsense) 묶음집인『호랑말코』를 열고 어이 상실, 방향 상실, 의욕 상실 상태를 겪는 것은 이미 지은이가 미움받는 사람, 아니 미움받는 야만인, 아니 미움받는 말(의 코)의 말이라고 테두리를 두른 이상 제대로, 온전히 겪는 수밖에 없다.

"인격의 척도는 자기 가축화의 척도일 뿐이야. 별거 아냐"(「P. S.」)라는 거침없는 시인의 말코, 그러므로 부정적인 낙인으로서의 큰 코가 아닌 동물의 코, 후각을 놓고 다시 이야기를 해보자. 주지하듯이 시각 중심의 인격의 사회에서 후각과 청각은 덜 진화한 유사 인간들·동물들의 감각으로 배치되었다. 시각이 일반화·보편화에 유리한 감각이라면 청각과 후각은 개별화·차이화의 감각이다. 청각과 후각은 일반화·보편화에 충실한 개념을 뚫고 들어가 그 단단하고 맨질맨질한 표면(!)을 음악적 리듬과 육체적

강도(intensity)로 찢어놓는 감각이다. 후각이 발달한 상태로 인격의 사회에서 산다는 것, 인간의 얼굴로 동물의 감각을 겪는다는 것, 한마디로 인격에서 썩은 내와 구린내, 위선을 맡는다는 것은 고통이다. 또는 글자 그대로 썩어가는 물질·동물들의 육체성, 피와 살의 냄새를 어디서나 맡는다는 것은 고통이다. 시인이 자기 이미지로 호랑말코를 엄선한 것에 대해—시인이 누군가로부터 정말 들은 말인지는 알지 못하지만—문화적 맥락에 근거한 낙인이자 자기 가축화가 거의 불가능한 평원의 동물(의 형상)이자, 저잣거리에서 시를 쓰는 시인을 이끄는 주도적 감각의 환유적 기표로서의 '말코'에 대해서는 설명할 수 있다. 『호랑말코』속 마지막 시 「독락(獨樂)」은 물리적으로 고립되고 의지적으로 고독하려 한 시인에게 그럼에도 얼마나 많은 인간과 그러므로 얼마나 많은 시체가 우글거렸는지 기술한다. 인간은 개념이고 시체는 사물이다. 인간은 거죽이고 시체는 물질이다. 인간은 벗겨내야 하는 환영이고 시체는 벗겨진 인간이다. 그 둘 사이에서 시인은 눈의 기능을 잃어가면서, 응시에 사로잡힌 채로 목격하면서, 아니 시체로서 살아가면서, 그러므로 이야기 없는 생을 감각적 사태라 여기고 오롯이 겪으면서 시가 오면 썼다. 현장에 대한 시가 아니라 현장-사건으로서의 시를, 재현이 아닌 외상(外傷)으로서의 시를.

개를 완성하는 것은 목줄이다. 인간을 완성하는 것도.

*

순간의 경험에 몰두할 수 있는 건 소나기 그친 유리
창에 매달린 빗방울뿐이다. *광적으로 정신을 차리는.*

—「호랑말코」 부분

이 시는 "치사한 행성"의 권력인 중력으로 인해 떨어지
고 있는 이슬, 그러나 그런 운명으로 인해 모든 예술이 선
망하는 절정일 "순간의 경험에" 몰입하는 유리창의 빗방
울을 '보는/목격하는' 자의 세계, 사물들(의 상태)을 기술
한다. 매 연이 자율적이므로, 매 연이 다른 장소에서 발생
하므로 이 시는 다성적·이질적·분산적 배치에 열중한다/
즐긴다. 음악적 기법으로서의 푸가나 카논을 욕망하는 것
혹은 「Endless Jazz 7」 「Endless Jazz 69」처럼 즉흥의 무한
성이다. 마침표가 불가능한 열림이다. "마침표를 찍어둔
한 줄이 30년이 지나도록 구불텅거"리는 것, "돌덩이로
대가리를 눌러둔 뱀", 끝/테두리 없는 유랑의 즐거움과 피
로가 시인이 겪은 운명이다. 유리창의 빗방울, 냄비, 도마,
양파, 의자, 도끼, 몽당연필, 맨드라미, 스타벅스, 아직 모
래로 덮이지 않은 교통사고 현장의 피 웅덩이, 폐타이어
처럼 사소하고 일상적인 오브제와 물질 들이 시인의 응시
로 인해 더 생생해지고 위험해진다. 기호 – 개념이 벗겨지

고 감각이 포효하고 순간(성)이 범람한다. 다름 아닌 일상이 혁명의 장소, 폭력과 피의 장면으로 돌변한다. 순간이라는 게 눈의 이미지와 응시의 베일이 뜯겨져 나가는 바로 그때라면, 연속성으로서의 시간 속에 잠복한 채 돌출/급습을 노리는 일격의 나타남이라면 그 순간을 일으키는 것, 개념에 대적하는 펜이 아니라 물질에 대적하는 도끼로 사물의 육체성을 드러내며 피를 내는 것이 순간성과 대결하는 시인의 전략이다. 살아 있는 것의 들숨 날숨을 감지하는 유령의 응시처럼, "시인과 도끼는 침묵한다. 일격을 노리며"(「호랑말코」). '도끼 자국'을 갖고 태어난, 이미 항상 거세된 암컷 – 시인, 잘 알려지지는 않았지만 발기하는 음순, 완전히 죽지 않은, "*성난 1인치*"(「녹취 A-19」)의 힘으로 이미지 – 베일 – 수의에 뒤덮인 언데드 – 사물들과 "**눈썹**"하는 기술이다.

맨드라미는 "대지의 음핵을 왕관처럼 받들어 쓰고 있"는 사물이고, "고정관념에 사로잡힌 사람은 통나무 도마에 얼굴을 박고 있는 손도끼 같"고, "거짓말처럼 매끈한 양파 엉덩이에는 칼끝으로 항문을 만들어주어야 한다. 엉덩이를 완성하는 것은 항문이니까"(「호랑말코」). 심지어 고정관념에 사로잡힌 인간에게도 시인은 유일무이한 도끼의 이미지 – 상태를 '준다'. 심지어 막 부엌에서 껍질이 벗겨진 양파에게도 칼로 항문을 만들어주려 한다. 도끼나 칼을 피하는 정물화는 불가능하고, 섹슈얼리티에서 무사

한 풍경도 불가능하다. 폭력과 쾌락이, 개입과 수정이, 응시와 실재가 편재한다. 여성적 오브제들은 폭력을 제대로 입히기 위한 알리바이로서 소환될 뿐이다. 그러므로 힘의 부정적 작용으로서의 폭력은 시각성의 체제 안에서는 비가시적인 사물들, 고요한 정물과 풍경으로 내몰린 사물들에 이미 항상 내재해 있는 힘을 보여주는 시적 개입의 전제이다.

나는 거의 모든 말들이 나타나는 즉시 몸 – 물질이 되어버리는 시인의 시를 읽다가/견디다가, 결국 시체(屍體, 아니 詩體?)를 응시하느라 눈알이 거의 튀어나온 것 같은, 환각적 외상 상태에 이르렀다. 상징계적 남성 주체의 은유 – 기표인 '정의'를 글자 그대로 해부한, 수컷의 성기를 글자 그대로 내장으로 전치시킨 「정의의 해부」를 뚫어져라 보다가(여기까지 보려던 것은 아니었다,가 내 반응이다), 혹은 "즉사의 현장, 피 웅덩이에 떠 있는 피거품들이 두리번거린다. 뭐 더 볼 게 없나?"를 직시하다가(너무 생생해서 어떤 이미지로도 진정이 안 된다) "*단어 하나하나가 다 핏덩어리*"인 「호랑말코」로 인해 나는 현장에 도착한 신참 꼴이 되었다. 시를 계속 읽을 수도, 덮을 수도, 눈을 감을 수도 없는 지경에서 결국 미술가 G에게 전화를 했다.

올해 초, 나는 G의 개인전 리뷰를 썼고 그의 올해 개인전이 코로나 시기 자살한 동료 작가의 시신을 최초로 목

격한 자의 외상을 반영했다는 것을 기억했다. 숱한 학생
과 작가 들이 코로나 시기에 자살했다. 그러므로 나는 G에
게 제대로 물어야 했다. 끔찍한 것을 더 끔찍한 것으로, 고
립 상태에서 시집 해설을 쓰는 자의 고통을 둘의 상호 보
충적 대화로 희석시키려는 나의 방식이었다. 그날 무엇을
보았느냐고 묻자 G는 장롱 속에 매달려 있는 친구의 입에
서 흘러나오던 침에 대해 이야기했다. 한 달에 평균 두 번
발작하는 그는 전화를 한 날 전후로 더 잦아진 발작 때문
에 말이 아닌 상태였다(제주도 출신 G의 개인전에 회화 형
식으로 등장한 자기 이미지는 숲속 웅덩이/호수에 코를 박고
죽은 거대한 말이었다). 전화를 끊고 나는 아주 오래전 모
란시장에서 보았던, 죽은 개의 입에서 흘러나오다 굳어버
린 침 – 피를 떠올렸다, 아니 그것이 떠올랐다. 내 안에서
나랑 살아가는, 사라지지 않는 끈적한 선(線) 하나가. 맞아
죽고 불에 그슬려진 채 개고기집 앞 진열대에 쌓여 있던
개들의 입에서 흘러나오다 굳어버린 침 – 피가. G의 몸에
각인된 막 죽은 친구의 침과 개장수가 숨기지 않고 놓아
둔 맞고 – 타 죽은 개의 침 – 피가 나에게 '힘'을 주었고, 덕
분에 나는 이 시집에서 가장 중요한 정치적 시라고 생각
하는 「봄밤」을 읽을 수 있었다.

　이 시는 맞아 죽은 개에 대한 시이자 자살과 타살이 구
분이 되지 않는 시이므로 나와 G, 시인은 어떤 지점에서
교집합을 갖는다. 혹은 인간화를 가축화로 이해하는 시

인에게, 그러므로 일생 줄에 묶인 채 살아가는 개를 인간의 숨겨진 진짜 모습으로 읽는 시인에게 개는 일생 자신이라 해도 과언이 아니다. 시인은 멀리서 이 지옥도를 관하는 눈이 아니라 이 지옥도 안에서 고통과 폭력을 겪는/즐기는 몸이기 때문이다. "옆방에는" "눈알까지 방부제에 절은" "몸을 뒤척일 수도 없는 광중(壙中) 같은 수조 속//메기가"(「통방」) 살고 "방문을열면껌껌한방안에시커먼개가앉아있다"(「Endless Jazz 7」)는 시인의 과민한 몸을 외면하고는 『호랑말코』를 읽을 수 없다. 그래서 앞서 쓴 문장을 떠올려서 이렇게 쓰는 것이다 — 바로 그 몸뚱어리일 뿐인 채 살아가는 극소수의 궁핍한 독자들이 시인의 시를 즐기고, 나처럼 부정적인 것에 매료된 이는 시를 견디고, 이런 지옥도가 시에서 펼쳐질 것이라고는 상상도 못한 이는 시집을 덮고, 우연히 열고 놀란 이는 미래에 독자가 되는 것이다.

개가 죽어
개 없는 개집 앞에

개가 죽어
개 없는 주인이 서 있다

잎사귀 하나 없는 백목련 가지 위에

주먹만 한

백골들이

허공을 찢어 발기며 붉어져 나오는 4월

——「봄밤」 부분

　첫 문단은 "개가 죽어/개 없는 개집 앞에"로, 두번째 문
단은 "개가 죽어/개 없는 주인이 서 있다"로 시작한다. 시
에서 청각적 리듬, 시각적 이미지를 절대시하는 시인이 묘
사하는 '현장'이다. 개와 개집의 관계, 개와 주인의 관계가
대등하게 기록된다. 개집에 개가 없고 주인에게 노예가 없
는 것이 이 순간, 예외적 순간으로서의 「봄밤」의 첫번째
으스스함이다. 제자리에 있어야 할 것이 제자리에 없을 때
으스스하다. 이 시의 주인은 주인이 아니다. 저 유명한 헤
겔의 '주노 변증법'이 시사하듯이 노예 없는 주인은 주인
이 아니니까. 이 밤의 주인은 무력하고, 일종의 개 없는 개
집처럼 공허하다. 개가 죽어 빈 개집과 개가 죽어 양육자/
가해자의 역할을 잃은 주인은 묶여 있던 개의 부재, 사라
짐을 더 교교하게 강조한다. 시는 디페랑스(différance)의
유희를 통해 진실을 전달한다. 개가 죽은 이유는 맨 뒤에
배치되고, 죽은 개의 부재/결여가 말의 유희, 기표의 자율
성, 기의의 늦은 도착을 즐기도록 되어 있다. 아니, 지극히
사소한 일상적 풍경이 혁명의 잔해라는 시적 진실이 되어

거의 모든 입을 침묵하게 만들 것이다. 3~5연까지는 4월의 백목련꽃에 대한 으스스한 기술이다. 개가 제집에 없는 것은 계절과 무관한 일이지만 이 꽃이 피는 계절은 봄이다. 시인의 눈 – 구멍이 보기에 백목련꽃의 개화는 "주먹만 한/백골들이/허공을 찢어 발기며 붉거져 나오는" 것이고, "어떤 구녕이 아이는 발라 먹고 백골만 뱉는 것"이다. 꽃은 이미 해골이고, 그렇다면 아이 – 새끼를 낳았어야 할 암컷은 대신에 아이의 살과 피를 발라 먹고 백골만 뱉은/낳은 것이다. 이런 망상이나 환각은 인간의 눈과 타자의 응시가 겹쳐진 순간에 일어나는 것이고, "잎사귀 하나 없는" 채로 희게 피어나는 백목련꽃은 자세히 보면 백골 같기도 하기에 어떤 (시각장의) 진실을 전달하는 상태이다. 백목련꽃이 이렇게 끔찍한 진실을 4월에 반복하는 이유는 그 나무 아래에서 일어난 비극에 대한 일종의 무시간적인 연대로서, 일종의 목격자로서 자기 몸을 내놓았기 때문이다. 이 백목련꽃은 시인이 본 유일무이한 꽃이다. 어떤 꽃은 시간을 통과하느라 시들고 죽기도 전에, 꽃인 채로 죽음을 현시하는 역할을 맡음으로써, 시간을 거스르고 시간을 욕보이고 시간을 횡단하는 것이다. 시의 마지막에 개가 죽은 이유가 놓인다. "번번이 새끼를 죽여서 낳"았고 "이 나무 아래서/맞아//죽었다". 자신의 재생산 기능을 거부한, 그러므로 고기로서의 사용가치만 남은 이 암캐는 고기 맛을 위해 맞아 죽었고, 백목련은 먼저 자기 몸으로, 꽃으로 연성화시켜서 그 사건을 재연하고 있다. 시인은 "나에겐 좆같이 짧아서 목을 맬 수조차 없는/목줄이/있어"(「관시(串枾)」)라며 자살도 불가능한 철저한 감금과 간힘에 대해 이야기했다. 그리고/그러므로 「봄밤」은 자살의 방식으로 타살을 재전유하는 암캐의 '전략'을 증언한다. 새끼를 낳으면 주인이 훔쳐가고 묶어놓고 팔고 죽이는 폭력을 개는 목줄에 묶인 채 겪었고, 우선 새끼들을 죽여서 낳는 방식으로 새끼들에게 대물림될 자신의 고통의 유전을 끊어냈다. 암컷에게 내재된 모성을 거부한 것이고 낳자마자 주인의 소유물이게 될 새끼를 폭력에서 구해낸 것이고, 동시에 쓰임새를 잃음으로써 자신에게 예정된 끝/마침표로서의 고기‒되기를 선수 친 것이다. 시인은 이 개의 행위/혁명을 놓고 "어서 맞고 자고 싶던/개"라고 번역한다. 악순환으로서의 폭력에서, 눈을 감아도 떠도 죽음과 살인과 폭력인 세계에서 휴식은, 잠은 자기 죽임을 통해서만 가능하다. 이런 바깥 없는 감옥, 대안 없는 폭력의 세계에서 자기 인생, 자기 이야기를 하는 시를 쓴다는 것은 기만이거나 무지일 것이다["내겐 인생이 없었어. 내내 없었고, 앞으로도 없을 거야"(「초량 차이나타운」)].

올해 초 『사람을 목격한 사람』(사계절, 2023)을 쓴 고병권 작가가 팟캐스트 〈책읽아웃〉 코너 '오은의 옹기종기'에 출연해 이제 사회에 대한 책임이 아닌 오롯이 자신을 위한 책을 준비하고 있다면서 루쉰을 언급했고, 그때부터

나는 루쉰의 첫번째 단편집 서문에 등장하는 "철의 방" 알레고리를 계속 생각했다. 루쉰은 창문 없는 철로 된 방에서 결국 숨이 막혀 죽어갈, 그러나 그런 사실을 모른 채 잠들어 있는 많은 사람 중 잡지 『신청년』의 발행자 – 진보주의자에게 이렇게 묻는다. "잠이 깊이 들지 않은 몇몇 사람들을 깨워 그 불행한 사람들에게 림종의 괴로움을 맛보인다면 오히려 더 미안하지 않은가." 상대는 그 "몇몇 사람들이 일어난 이상 이 무쇠방을 무너뜨릴 희망이 전혀 없다고는 말할 수 없잖는가"*라고, 자기가 듣고 싶은 대로 듣고 대꾸한다. 이후 루쉰은 자신의 딜레마를 반영한 첫번째 단편소설 「미친 사람의 일기」를 쓴다. 예정된 결론인 집단사(集團死)와 죽을 때까지 깨어 있을 마지막 사람의 역할과 책임을 반영한 「미친 사람의 일기」에서 광인은 정신병원에 간힌다. 그리고 세상은 다시 조용해진다.

「봄밤」에서 나는 올 초부터 갇혀 있던 "철의 방" 혹은 '구조주의의 감옥'을 다시 만났고, 1922년 청년 루쉰의 질문에 대한 시인의 동의, 광인 – 암캐의 저항에 직면했다. 아니 저 질문에 대한 대답이나 '해결책'은 작가들, (비)인간들의 숫자만큼 많고, 그러므로 계속 일어날 뿐 중지될 수 없음을 배웠다. 루쉰과 김언희 외에도, 토니 모리슨의 소설 『빌러비드』(1987)가 참조한 노예제 시대의 실화, 주

* 노신, 「외침」, 『노신 선집 1 — 중국 현대 문학의 개척자』, 여강출판사, 1991, p. 6.

인의 재산인 자신의 두 살배기 딸아이를 노예 사냥꾼들이 납치하기 전 칼로 베어 죽인 노예 마거릿 가너의 방식, 역시 주인의 재산인 자신의 몸에 기름을 붓고 솟구치는 화염 속에 있는 흑인 소녀의 순간을 컷 페이퍼(cut paper) 실루엣으로 만든 카라 워커의 작품 「번(Burn)」, "귀한 내 친구들아 동시에 다 죽어버리자 그 시간이 찾아오기 전에 먼저 선수 쳐버리자"라고 노래하는 이랑의 합창곡 「환란의 세대」, 쓸개 때문에 갇혀 지내던 암곰이 철창을 부수고 나와 새끼를 먼저 죽이고 벽에 머리를 부딪혀 자살했다는 이야기를 전해준 작가 노예주, 이제 우리에게는 (정치적) 연대는 불가능해 보이니 "공범이 되자고 속삭이고 싶다. 집단 자살의 경이로운 순간을 상상한다"는 '익명'의 필자 등등…… 이런 자살이 저항이고 테러인, 개인의 자살이면서 집단의 정치적 연대인 행위성은 혁명의 역사에는 나오지 않는, 자긍심과 정체성을 위한 소수자들의 정치에서는 사라진 이야기들, 사라짐으로서만 나타날 수 있는 이들의 행위성이다. 오직 문학이, 시가, 노래가, 예술이 가져가거나 일으킬 제3의 길, 제3의 전략이다. 진지한 근대주의자, 횃불을 들고 (일)깨우는 자로서의 예술가의 역할은 이제 시한이 만료된 것인 듯 저 익명의 필자는 "모든 분노, 비토, 비탄, 설움, 고발, 눈물, 애수, 광기가 초 단위로 풀썩여 심장 속으로 파고들고 분출되길 반복하면서 들숨 날숨의 순환을 따라 확산되는 죽음이 이윽고 밀폐된 방을

채우는 숭고"*에 대해 이야기한다. 노예제 시대의 흑인 여성들, 지금 여기의 여자애들, 퀴어들, 청년들 그리고 김언희의 암캐와 철창에 갇힌 암곰이 사유재산으로서의 자신의 몸을 제거함으로써 사회에 손해를 입히는 으스스한 실천을 이야기했다/한다. 갓난아이와 함께 자살하는 여자들, 모성애 없는 여자들이라고 가부장제와 페미니즘 모두에 미움받는 여성들, 비천한 타자들의 죽음과 죽임에 대해 '우리'는 다른 이야기를 들려주어야 한다. 작년에 진주문고에서 열린 독자와의 만남의 마지막 질문자였던 여성이 시인의 시를 읽은 감상을 "연민이 많은 사람이구나, 악몽을 꾸는 사람이구나, 억압받는 사람을 해방시켜주고 싶은 사람이구나"**라고 요약했고 감동적이었다. 나는 고병권 작가가 사람은 동사 '살다'에서 나온 명사이므로 동물도 포함된다고 했던 말을 기억하며 이 여성 독자가 말한 사람에 당연히 개도, 옆방의 메기도, 철창의 곰도 포함될 것임을 알게 되었다.

간혀 있다는 것, 폭력 없는 바깥은 불가능하다는 것을 알고 있는 이 "식민지의 식민지 태생 변방의/늙은 파수견 – 갈보"(「오시비엥침」)인 시인은 지방 – 변두리 – 거리

* 익명, 「집단 자살을 소망해도 될까요?」, 비평 웹진 〈퐁〉 2021년 10월호(https://pong.pub/critic/view/집단-자살을-소망해도-될까요/).
** 경남 진주문고 강연 '김언희 시인의 공부 "시와 삶, 시간에 대하여"', 2023. 8. 26(https://www.youtube.com/watch?v=mGBoviRAYYM).

에서, 욕이 대화의 물꼬를 트는 중요한 말이 되는 장소들에서 그런 말이 횡행하고 감춰진 죽음이 넘실거리고 묶인 개소리가 들리는 주택가와 죽은 개가 팔리는 시장을 기웃거리면서, 서울의 문학-제도가 승인할 수 없을 시를 썼고 쓰고 있다. 이것은 어떤 이에게는 유일한 저항, 실천의 전략인데 가령 "식민주의를 종식시키려면, 우리는 권력에게 진실을 말할 게 아니라 타자, 식민주의에 의해 비실체로 표현되어왔던 타자의 미친, 터무니없는, 쿵쾅거리는 언어에 거주해야 한다".* 일상으로부터의 혁명이 아니라 일상으로 다시 돌아가는/들어가는 방법이 관건이고, 진실을 전달하는 말-수단을 사용하는 옳은 자가 아니라 타자의 언어 안에서 살아가는 방법을 창안하는 게 관건이다. 페미니즘의 우수리들인 퀴어들, 소녀들, 여성-되기를 거부하는 타자-작가들이 시인의 새로운/동시대의 독자들임이 이상하지 않은 이유이다.

시인은 진주문고 강연에서 이렇게 말했다. "시가 숨을 쉰다는 것은 무슨 뜻인가? 써보니까 시가 살아 있는 것이더라. 시를 쓰고 난 뒤에는 내가 변하더라고요. 그것을 통과하고 난 뒤에는 내가 변하더라고요. 어떤 쪽으로든지.

* Jack Halberstam, "The Wild Beyond: With and for the Undercommons", Stefano Harney & Fred Moten, *Undercommons: Fugitive Planning & Black Study*, Autonomedia, 2013, p. 8.

그걸 줄 수 있으면 그 시는 살아 있는 것이"라고. 푸코는 에이즈로 사망하기 4년 전, 아니 자신이 죽어가고 있다는 것을 알면서 행한 1980년의 한 인터뷰에서 글을 쓴다는 것은 하나의 경험이며 "그것을 통과한 후에는 자기 자신이 바뀌게 되는 어떤 것"*이라고 했다. "자기 자신을 변화시키기 위해, 그리고 더 이상 예전과 같은 것을 생각하지 않기 위해 쓴다"는 푸코의 말은 "정치권력에 대한 첫번째이자 궁극적인 저항의 지점은 자기에 대한 자기의 관계밖에 없다"는 이후 강연을 통해 역사적 맥락을 갖게 된다. 궁극적인 저항, 마지막 남은 저항은 쓰는 것이다. 나에 대해, 이미 항상 사회적/정치적 맥락에 배치된 나 자신과 나의 관계를 다시 만드는 것, 혹은 쓰는 것, 그것이 저항이다. 시인은 실화/인용일 수도, 상상한 것일 수도 있을 암캐의 죽음 – 살인 – 저항을 암컷 – 백목련나무 혹은 백골 – 꽃과 연결해서 인간에게도, 좌파에게도, 여성에게도 동의를 얻을 수 없는 실천을 글쓰기로 '자행'했다.

이 시집의 첫번째 독자인 나는 이렇게 『호랑말코』에 대한 감상문을 제출한다. 당신은 다른 시에 더 눈이 가거나 더 오래 머무를지 모른다. 이제 당신을 바꾼 시에 대해 당신이 쓰고 공유할 차례이다.

* 다케다 히로나리, 『푸코의 미학─삶과 예술 사이에서』, 김상운 옮김, 현실문화, 2018, p. 225에서 재인용.